KB000598

표지 및 본문 그림_ 정은수 화가

서울 미술대상전, 대한민국 기독교 미술대전, 경향 미술 대전 이외
다수 공모전 수상
개인전 7회, 〈 소녀와 청마〉 작가.
표지 그림설명
〈동백꽃과 새〉 Oil on canvas 2015
natural201@naver.com

시집

김선규 지음

당신은 꽃

序 文

벼는 익을수록 고개를 숙인다.

논이나 밭에서 심어 기르는 한 해 살이 풀,
줄기는 항상 곧추 서 있고 꽃이 피고 나면 줄기 끝에 영롱한 이슬방울 같은 작은 이삭이 맺힌다.

열매는 식용인 쌀이 되어 밥상의 상석에 위치하고
볏짚은 가축먹이가 되거나 살아있는 나무의 겨울옷이 된다.

교양이 있고 수양을 쌓은 사람일수록 더욱 겸손해짐을 비유적으로 이르는 말로 자신을 한없이 낮추고 살라는 명언
'벼는 익을수록 고개를 숙인다'가 한 해 살이 풀인 벼에서 나왔다.

벼 이삭이 고개를 더 많이, 더 깊이 숙이도록 단단히 잡아주는 곧추선 줄기의 절개가 없다면 과연 맘 놓고 고개를 숙일 수 있을까?
아마도 줄기와 함께 땅바닥에 팽개쳐졌으리.

알곡을 주연되게 만들어준 줄기의 조연이 더 겸손했음을 알아주고 싶다.

내가 고개를 숙이도록 단단히 잡아주는 당신은
나의 단단한 절개요 줄기였으면

당신이 고개를 숙이도록 단단히 잡아주는 나는
당신의 단단한 절개요 줄기였으면

우린 언제나 단단한 절개요, 줄기였으면
우린 언제나 하나였으면

2017. 3.
청아한 꿈의 노래를 부르던 봄날에

시인 김선규

contents

contents

제3부 꽃이 지다 ········· 85

1

◆

꽃봉오리

노랑나비

아리 아리랑 쓰리 쓰리랑
푸른 푸른 물결, 시린 시린 물결

만(萬)이랑 푸른 물결, 만경창파(萬頃蒼波)가
임이여! 임들이 묻힐 곳이 아니오

섬섬옥수 별꽃마당, 청천(靑天)하늘이
그대여! 그대들이 잠들 곳도 아니오

임이여!
노랑나비 임들이여!

훨훨 날으소서.

아리 아리랑 쓰리 쓰리랑
푸른 푸른 물결, 시린 시린 물결

작디 작은 쪽배, 일엽편주(一葉片舟)는
임이여! 임들의 영혼 싣지 못하오

손에 손을 잡은, 강강수월래(强羌水越來)도
그대여! 그대들의 눈물 담지 못하오

임이여!
노랑나비 임들이여!

훨훨 날으소서.

마늘 뽑기

농부님! 살살 좀 뽑아 주세요.
세게 뽑으니까 줄기도 끊어지고 너무 아프잖아요.

마늘아! 미안타
우린 농부가 아니라 농촌 일손 돕기 봉사활동 나온
농사 초짜다.

어쩐지 손놀림이 둔하다 했네요.
살살 앞, 뒤로 흔들어 달래면서 뽑아 주셔야죠.

마늘아! 치과에서 이 뽑듯이 한방에 뽑아야 안 아픈 줄 알고
그냥 세게 한방에 당겼다.

초짜님! 마늘 뽑고 나면
코가 새까맣게 되는 거 모르죠?
복수하는 게 아니고 원래 그래요.

청산青山에 꽃 피거든

청산에 꽃 피거든
때가 되면 질 테니
앞서서 꺾지 마소

청산에 꽃 피거든
알아서 질 테니
앞서서 꺾지 마소

청산에 꽃피거든
앞서서 꺾지 마소

첫사랑

찬바람이 붑니다.

찬비가 내립니다.

첫사랑이 오려나 봅니다.

따뜻한 커피 한잔으로 속을 뜨겁게 데워놔야 할 것 같습니다.

그대 아시나요

그대 아시나요
내 맘 들키고 싶지 않아
얼굴 감싼 걸

이제 내 맘
그만 보여주고 싶다는 걸

그대 아시나요
그대 맘 알고 싶지 않아
눈 질끈 감은 걸

이제 그대 맘
그만 알고 싶다는 걸

그대 아시죠!
가시나무 새
가시에 박히던 순간
온몸으로 울며 부르던
그 아름답고 처절한 사랑의 노래를

틀

틀 속에 가두지마

틀 속에 갇히지 마

다른 사람 인생을

내 틀 속에 가두지마

내 인생을

다른 사람 틀 속에 넣지 마

내 인생을

내 틀 속에 가두지마,

갇히지도 마

틀 속에서 피는 꽃은

내 꽃이 아니야

내 향기가 없어

당신에게 묻습니다

당신의 숲에는
어떤 나무을
심으셨습니까?

당신의 숲에는
몇 그루 나무를
심으셨습니까?

당신의 나무에는
어떤 꽃이 피고
어떤 열매가 열렸습니까?

당신은 아십니까?
당신의 나무뿌리가
어디까지 어떻게 뻗어가고 있는 줄

당신에게 묻고 싶었습니다.

철거촌

우린 매일 철거촌을
걷는지도 모르겠습니다.

아니 어쩜 철거촌에 발을 뻗고
평생을 살아가고 있는지도 모르겠습니다.

고향집

하얀 쌀가루
보라색 팥
겹겹이 사이좋게 올라가
베 보자기 둘러쓰고
솥전, 시루 틈 시룻번 빼곡히

번질번질 손질된 생선
푸른 대나무 꼬챙이 쭈욱 넣고
지푸라기로 몸통 둘둘 말아
양념장 쓱싹쓱싹

장작 열기 떡시루
숯불 열기 석쇠
마당가득 흰 연기 피어 내는 날

떡, 고기 익어가는 내음에
헛배가 부른다.

달밤

둘이라서 좋은 길
둘이여서 좋은 길
입 꼬리 하늘 향하는 길

둘이라서 좋았던 길
둘이여서 좋았던 길
두 손목 잡고 발목 올렸던 길

그 길
홀로 걷다가
달님과 눈 마주치자
배시시 눈길 보낸 길

물 한모금의 사랑

사랑에 목마른 그대 가슴에
천국(天國)의 이슬 머금고
아슬아슬하게 다가섭니다.

물 한모금의 사랑이
목마른 그대 가슴에
아슬아슬하게 스며듭니다.

오마주 hommage

당신이 남기신 발자국이
결코 가벼운 발자국이 아니기에
조심히 따라 옮겨봅니다.

당신이 내딛으신 걸음이
결코 헛걸음이 아니기에
조심히 따라 걸어 봅니다.

당신의 펄떡이는 심장을
감히 따라 뛸 수 없기에
조용히 가슴만 움켜잡아 봅니다.

당신의 뜨거운 눈물을
감히 따라 흘릴 수 없기에
조용히 눈 감아 봅니다.

당신의 고단했던 날, 밤, 숨이 있어
봄날 청아한 꿈의 노래를 부를 수 있습니다.

아! 어머니

당신의 고귀한 이름 앞에
소리 없이 무릎을 접습니다.

존경심

내가 못하는 것을
잘하는 당신

존경합니다.

잘 살다 가십시다.

레인보우 Rainbow

기다란 아치 끝에
양동이 매달았으면
물지게로 살았을 뻔

기다란 아치로
물방울 품에 안고
햇빛 꽃송이 흩날리어

빨주노초파남보
일곱 빛깔 꽃잔치
무지개 되었네.

하루

견디는 날
그럼에도 갈 수 있는 날

견디어 가는 날
그럼에도 가는 날

견딘 날
그럼에도 간 날

여름마당

태양 빛 자양분 듬뿍 먹여
토실토실 붉게 물들여 놓으니

태양 빛 열기로 혼까지 빼내가
반들반들 검붉게 피부 태닝까지

뜨거웠던 여름날의 진한 그림자
산들산들 바람결에 흩어져가네

가을보석

노랑 햇살이

쏟아지는 카페에서

노랑 국화차를

마시고 있자니

노랑 벌이

날아들어 입맛을 다신다.

샛노란 가을이

온몸으로 물들어 간다.

가을향기

그대, 술도 아니면서
내 맘 취하게 하는가?

그대, 꽃도 아니면서
내 맘 물들게 하는가?

그대, 불도 아니면서
내 맘 뜨겁게 하는가?

그대, 바람도 아니면서
내 맘 들뜨게 하는가?

그대, 사랑도 아니면서
내 맘 설레게 하는가?

그대, 가을향기 참 밉다.

걱정

풍년! 걱정
흉년! 걱정

가격이 폭락해서 걱정
소출이 줄어들어 걱정

이래도 걱정
저래도 걱정

씨앗 뿌리는 날부터
거둬들이는 날까지
걱정 이놈 오지게 따라 다니네.
걱정 이놈 농부 속 새까맣게 태우네.

긴 기다림

비가 왔으면 좋겠습니다.
꽃비가

그가 왔으면 좋겠습니다.
보고픈 그가

눈이 왔으면 좋겠습니다.
첫 눈이

임이 왔으면 좋겠습니다.
그리운 임이

일곱 빛깔 꽃 무지개 잔치
서녘 하늘을 가득 채웁니다.

그거 봐

반듯한 길이라 생각하고
걸어 왔는데

반듯한 길이라 믿고
뛰어 왔는데

지나온 길 돌아보니
구불구불 많이도 돌아왔네.

그런데 말이야,

반듯한 길로만 걸었다면
지루해 미쳤을 거야.

반듯한 길로만 뛰었다면
지쳐 쓰러졌을 거야.

그거 봐,

쭉 뻗은 활주로가 좋은 줄 알았지
그건 날기 위한 디딤돌일 뿐이야.

우린 구불구불한 길을
돌고 돌아야해.

낙서

삶의 허전한 마음
손끝으로 전해
쏟아내는 가벼운 붓칠

무어라 써도 좋다.
무엇을 그려도 좋다.
나에게 향하는 다짐이라면

삶의 고단한 마음
손끝으로 전해
흩뿌리는 가벼운 붓칠

무어라 써도 좋다.
무엇을 그려도 좋다.
나에게 향하는 묵언이라면

복福날

선달 그믐날
저무는 해 따라
액운(厄運) 태워 보내고

정월 초하루
떠오는 해 따라
복조리 띄워 복(福) 담으세.

일 년에 한번씩
액운 태우고
복 담으면

그것도 큰 복일세.

빨래터

아낙네의
경쾌한 손 방망이질

세월의 묵은 때
졸졸졸 시냇물에 흘려보내고

아낙네의
쉼 없는 손 방망이질

세월의 한(恨)
졸졸졸 시냇물에 띄워 보내면

수줍은 꾀꼬리
나무 그늘에 숨어

아낙네 방망이질 박자 맞춰
곳골 곳골, 꾀꼴 꾀꼴

아낙네 시름 껴안는다.

멸치 생존기

팔딱팔딱 살아있는 채
펄펄 끓는 물속으로 멸치 떼 날아든다.

성질 급한 멸치 살기 위해
펄펄 끓는 물속으로 멸치 떼 날아든다.

숙이네

어이, 숙이네!
매운탕 얼큰하게 되는가
조기 실한 놈으로 넣소

어이, 숙이네!
소주도 한 병 주소
뭔 놈의 날이 푹푹 찐단가

어이, 숙이네!
매운탕 징하게 시원하네
술이 술술 넘어가네

어이, 숙이네!
장부에 달아놓소

"조기 실한 놈
소주 한 병
푹푹 찌는 더위 한나절"

어이, 숙이네!
미안해서 으짜쓰까

어이, 숙이네!
고마워서 으짜쓰까

염병할 세상이 지랄이지
뭐가 미안하단가
그냥 숙이고 사세

숙이네는 좋것네
숙일것이라도 있어서

그래도 세상 원망은 안할라네
푹푹 찐 한나절 더위는
올 겨울 찬바람으로 갚음세

그 바람

어디 갔다 왔어?
어디 좀 갔다 왔습니다.

어디 갔다 왔어?
어디 좀 갔다 왔습니다.

어디 갔다 온 걸까?
그 바람

창 너머

창 너머 마른 세상에
봄비가 주룩주룩

창 너머 마른 세상에
흰 눈이 송이송이

창 너머 마른 세상에
나비가 훨얼훨얼

창 너머 마른 세상에
그들이 왔다간다.

메마른 가슴골로
햇살이 파고든다.

2

◆

붉은 꽃, 당신

만추 晩秋

임이여!
제 몸 불살라 붉게 물들여 놓았으니
사뿐히 다녀가시라
사뿐히 왔다가시라

임이여!
제 몸 흔들어 샛노랗게 물들여 놓았으니
사뿐히 다녀가시라
사뿐히 왔다가시라

임이여!
붉고 샛노란 단풍잎 엮어 머리에 꽂고
사뿐히 다녀가시라
사뿐히 왔다가시라

임이여!
가을엔 미쳐도 좋으리
사뿐, 사뿐히

임이여!
가을엔 춤춰도 좋으리
사뿐, 사뿐히

봄바람을 사랑한 저녁노을

오뉴월 봄바람에 살랑살랑
은빛 꼬리 흔드는 삐비무리

비단 물결 춤사위에
연초록 이파리 한 꺼풀씩 스르르

수줍게 드러내는 연한 속살
살포시 낚아채는 봄 처녀

오뉴월 봄바람에 살랑살랑
은빛 꼬리 흔드는 붕어무리

비단 물결 춤사위에
연초록 수초 사잇길 스르르

알록달록 반짝이는 꽃 비늘
세차게 낚아채는 강태공

오뉴월 봄바람에 살랑살랑
처녀, 총각 마음 흔드는 노을무리

삐비꽃 이삭 춤사위에
연초록 들뜬 마음 스르르

한들한들 봄 처녀 콧노래 소리
뻐끔뻐끔 입장단 맞추는 붕어무리

열애 熱愛

그대의 맑은 호수로
허락 없이 쏟아진 별

현란한 금빛 칼 군무(群舞)
쉼 없이 불을 뿜고

열렬한 은빛 입맞춤
끝없이 펄럭이다가

갈대 눈썹 질투심에 놀라
호수 너머로 흘린 눈물

그대의 붉은 입술로
허락 없이 쏟아진다.

별/달/임

불 끄면 별 보일라나요
불 끄면 달 보일라나요
불 끄면 임 오실라나요

별 보이면 불 끄오리다
달 비추면 불 끄오리다
임 오시면 불 끄오리다

동백꽃 붉게 피어 울던 밤
불 끄고 임 마중 나가리다.

보석

있으면 불안
없으면 불만

있으면 좋고
없으면 말고

있으면 헤헤
없으면 허허

청보리 연가 戀歌

청보리가 푸르게 설 수 있었던 건
어머니의 호미질 선율이

때론 흥겨웁게
때론 구슬프게

드넓은 밭이랑에 그려졌기 때문이었던 것을
푸른잎 사이로 지나는 바람은 차마 알지 못하였네.

무화과

휘영청 보름달님과
밤새 사랑의 밀어를 속삭였는지
무화과 볼은 홍조빛으로 물들고
입술에는 맑은 이슬이 촉촉

S라인

하늘로 쭉쭉 솟으라 해놓고
마당 정원수로는
S라인 소나무, 너를 찾는다.

앞길로 쭉쭉 뻗으라 해놓고
한 박자 쉼표로는
S라인 둘레길, 너를 찾는다.

구불구불한 S라인으로
사뿐사뿐 갈아타는 사람들

Forever

당신의 반짝이는 눈망울이
당신의 반짝이는 미소가
당신의 고운 마음에서 온 것임을

당신의 따뜻한 가슴이
당신의 따뜻한 손길이
당신의 고운 마음에서 온 것임을

내 마음이 알아주리다.
내 가슴이 기억해주리다.

주먹이 운다

살을 에는
칼바람 부는 새벽

일거리 찾아
장작불에 언 맘 겨우 녹이는 사람들

심장의 끓는 피 무서운 속도로
어깨타고 팔뚝 지나

시퍼런 주먹 불끈 쥔다.

숨

소나기 설탕물 한바탕 부어주니
펄펄 끓던 대지가 숨을 죽인다.

간수 뺀 소금물 한바탕 부어주니
뻣뻣하던 배추가 숨을 죽인다.

사랑 꽃

천지에 꽃 피는 날
품속에 꽃 한 송이 묻습니다.

임 오시는 날
임 품으로 옮겨 묻습니다.

천지에 꽃 사라져도
임의 품속 꽃 한 송이 피어오릅니다.

한 해

봄바람이 춤을 추고

여름 땡볕이 춤을 추고

가을 비바람이 춤을 추고

겨울 눈보라가 춤을 추고

한 해 견뎌낸 내가 막춤을 추고…

임

바닷물이 차오르니 만월(滿月)이 멀지 않았음을
산들바람 불어오니 임의 숨결이 멀지 않았음을
설레는 가슴이 먼저 달아오릅니다.

반전 反轉

놀이터가 일터 되던 날
세상을 탓하지도 원망하지도 아니하였지

달 빛 출렁이는 바다에 기대어
홀로 눈물 삼켰지.

일터가 놀이터 되던 날
거만하지도 잘난 체도 아니하였지

달 빛 출렁이는 바다에 기대어
홀로 웃음 지었지.

동행 同行

사랑하는 당신의 손을
처음 잡던 날

내가
발걸음을 맞추고
숨소리를 맞추고
심장 박동 소리까지 맞추었던 것을

당신도 알지요.

미증유 未曾有

새하얀 원피스 나풀거리며
초록 풀밭 뛰는 5월의 천사여!

보일 듯 말 듯 새하얀 속살로
아침이슬 품는 5월의 천사여!

영롱한 아침이슬 그대 발끝에 물들면
수정처럼 맑은 눈 한 아름 보석되어 쏟아진다.

리듬 잃어버린 심장박동 더는 견딜 수 없어
허공을 향해 가슴 터져라 달음질 한다.

“사람이 천사로 보인다.
아니다. 원래 천사였다.
아니다. 내가 미쳤다.”

생전 처음 느껴보는 가슴 터지는 설렘
첫.사.랑.

그대, 내사랑

모래에 쓴 내사랑이
파도에 휩쓸리지 않게

가슴속 깊은 곳에
그리운 그 이름을
꽁꽁 숨겨 놓습니다.

눈밭에 그린 내사랑이
햇볕에 녹지 않게

가슴속 뜨거운 곳에
어여쁜 내 사랑을
꽁꽁 감춰 놓습니다.

Clone

내가 어떻게 생겼는지
거울은 알고 있다.

내가 어떻게 살았는지
세월은 알고 있다.

내가 어디서 왔는지
배꼽은 알고 있다.

내가 어디로 가는지
발가락은 알고 있다.

세 남자의 배꼽이 닮았다.
아버지와
두 아들.

세 남자의 발가락이
제 갈길 간다.

2막

밤새 시벌건 불꽃
온몸으로 휘감더니

새벽녘 눈 떠보니
하얀 재 만 덩그러니

끝났다고 생각했는데

빙판길에 온 몸 부셔 흩뜨리니
새로운 생(生)이네

1막 저물어 사라져도
2막 꽃이 피네

사라질 운명이라고
슬퍼할 건 아직 아니었네.

나의 침실

두렵기도
설레기도 한 나의 침실
경건한 맘으로 침대에 눕습니다.

뚜벅뚜벅
발자욱 소리에
심장이 쿵쾅쿵쾅

눈을 감아야 합니다.
살포시 살갗을 드러내야합니다.

온몸이 경련하듯 일렁거립니다.

침착하자
침착하자
침착하자

침은 착하다.
하나도 안 아프다.
마법을 걸어봅니다.

은빛 밤송이 하늘거리며
한 올 한 올 자리 잡으면
나의 침실에도 봄이 찾아옵니다.

두려움도
설레임도 잊은 채

꿈 깨지마

천년이 걸릴지라도
만년이 걸릴지라도

별이 달에 걸릴지라도
달이 별에 걸릴지라도

그대 복사꽃 가슴을 두드리리
그대 장미꽃 입술로 달려가리

꿈에서 깨지만 않는다면
콩깍지 벗겨지지 않는다면

바닥

더 이상 내려갈 곳이 없나니
그대 그리 애간장 태우지 마소

더 이상 흔들릴 곳이 아니니
그대 그리 눈물 흘리지 마소

꾸벅꾸벅 졸아도 영원한 잠은 아니니
그대 그리 눈감지 마소

터벅터벅 걸어도 뒷걸음은 아니니
그대 그길 멈추지 마소

이제 단단한 바닥에 서보았느니
그대 오늘은 하늘 한번 보시게나

흔들리는 물위에 떠있는 물새도
발은 멈추지 않는다네.

임 마중

살랑살랑
임의 미소가 다가옵니다.

나의 영혼이
덩실덩실 춤을 춥니다.

살짝살짝
임의 향기가 가까워옵니다.

나의 심장이
껑충껑충 달려갑니다.

이제 어찌해야 하나요?
째깍째깍 시계 초침도
걸음을 멈추어 주는데

이제 어찌해야 한답니까?
임이 지나쳐 가는데
입과 몸이 얼어 가는데

아!
비명이 몸속으로
기어들어 갑니다.

초롱초롱 맑은 임의 눈
차마 바라보지 못합니다.

보들보들 하얀 임의 손
차마 잡아보지 못합니다.

나의 육신이
팔랑팔랑 날아 뜹니다.

내속에 내가 있었네

울고 있다고
웃지 않은 것은 아니네

웃고 있다고
울지 않은 것도 아니네

울음 속에도
웃음이 있고

웃음 속에도
울음이 있네

웃음이나
울음이나
가슴 떨림은 같네

내속에 내가 있었던 것처럼

진수성찬

쌀이 밥이 되고
배추가 김치 되어
밥상에 오른다.

가마솥에서 갓 지은 밥
하얀 김 모락모락

항아리에서 갓 꺼낸 김치
붉은 속살 사각사각

온 가족
숟가락, 젓가락 밥상에 오른다.

머나먼 길

좋아한다고
고백하기까지

그대 이름을
수 천 번 불러 봅니다.

사랑한다고
고백하기까지

그대 얼굴을
수 만 번 그려봅니다.

그대에게로 가는 길
서산 넘는 붉은 치맛자락
왜 그리도 발걸음이 빠른지

그대에게로 가는 길
꼬불꼬불 꼬부랑 흙길
왜 그리도 멀고먼지

나 아직도
그대 고운 이름
수 천 번 불러보고

나 아직도
그대 고운 얼굴
수 만 번 그려만 봅니다.

화무백일홍 花無百日紅

사뿐사뿐 뛰어가니
가슴에 백일홍 꽃 피는
임 마중길

터벅터벅 돌아서니
가슴에 백일홍 꽃 지는
임 배웅길

임 오시는 길
사뿐사뿐
손 내밀었던 설렘

임 가시는 길
터벅터벅
손 접어 넣는 외로움

임이여!

어서 오시라

임이여!

잘 가시라

백일홍 피고 지는 바람 따라

3

◆

꽃이 지다

Time After Time

내려올 산을
왜 힘들게 오르냐고 묻지마소

꺼질 불을
왜 힘들게 피우냐고 묻지마소

떠나갈 생(生)을
왜 힘들게 사느냐고 묻지마소

바람 불어오니 흔들릴 뿐
불이 꺼진 건 아니라오

땀이 흐르니 젖을 뿐
몸이 무거워진 건 아니라오

연(緣)이 떠나니 아플 뿐
가슴이 식은 건 아니라오

화양연화 花樣年華

내 맘 따뜻해야 봄이요,
내 맘 설레여야 임이다.

내 맘 날개펴니 봄이요,
내 맘 흔들리니 임이다.

내 맘 날아가니 봄이요,
내 맘 마중가니 임이다.

화양연화 그 봄이 언제였던가?
화양연화 그 임이 누구였던가?

겨울나무

산들산들 춘풍(春風)에 꽃 향기 내어주고
한들한들 추풍(秋風)에 꽃 단풍 내어주고
동짓달 적막한 긴 밤을 홀로 맞으리.

밤하늘 가로 지르는
달 빛 화음, 별 빛 군무 벗 삼아
동짓달 적막한 긴 밤을 함께 춤추리.

엄동설한(嚴冬雪寒)이 두려울소냐
북풍한설(北風寒雪)이 두려울소냐

춘풍(春風) 꽃 향기 돌아오는 날까지
동짓달 적막한 긴 밤을 함께 넘으리.

고단한 삶에 지친 길손에 품 내어주고
이별에 가슴 아픈 길손에 등 내어주고
동짓달 적막한 긴 밤을 홀로 맞으리.

밤하늘 가로 지르는
달 빛 화음, 별 빛 군무 벗 삼아
동짓달 적막한 긴 밤을 함께 놀으리.

엄동설한(嚴冬雪寒)이 두려울소냐
북풍한설(北風寒雪)이 두려울소냐

형형색색 꽃 단풍 돌아오는 날까지
동짓달 적막한 긴 밤을 함께 넘으리.

꽃 핀다고

꽃 핀다고
꼭 봄은 아니다.

꽃 진다고
봄이 끝난 건 아니다.

겨울에 피는 꽃도 있고,
가을에 지는 꽃도 있다.

임 왔다고
꼭 사랑은 아니다.

임 갔다고
사랑이 끝난 건 아니다.

임 오던 날도
임 가던 날도
꽃은 피고 지더라.

낙화 落花

곱다 곱다 해도
고운사람 마음만큼 고울까!

밉다 밉다 해도
미운사람 얼굴만큼 미울까!

고운 것도
미운 것도
사람인 것을

때가되면
저무는 해 인 걸
떨어지는 꽃잎 인 걸

곱게 저물었으면
곱게 떨어졌으면

아무것도 아닌 것을

난 누구의 별인가
난 누구의 꽃인가

아무것도 아니다

누구의 별도
누구의 꽃도 아닌

아무것도 아니다

나의 별은 누구인가
나의 꽃은 누구인가

아무도 아니다

나의 별
나의 꽃은

아무도 아니다

별은 별이고
꽃은 꽃일 뿐

이제라도

돈 함부로 빌려주지 마세요
웃으면서 빌려주고
울면서도 못 받을 수 있어요

도장 함부로 찍지 마세요
웃으면서 찍어주고
울면서도 되돌릴 수 없어요

사랑 함부로 하지 마세요
웃으면서 손 잡아주고
울면서도 손 못 놓을 수 있어요

이제라도

살아 있는 자

무서워서 도망치는 자
무서워서 도망치지도 못하는 자

무서워서 돌아서는 자
무서워서 돌아서지도 못하는 자

무서워서 숨어있는 자
무서워서 숨어있지도 못하는 자

무서워서 부끄러운 자
무서워서 부끄럽지도 못하는 자

하늘아래 부끄럽게 살고있는 자
살아있는 자

꽃밭에는 꽃이 피고

꽃밭에는 꽃이 피고
풀밭에는 풀이 뻗고

달밤에는 달이 살고
별밤에는 별이 살고

내맘에는 네가 있고
네맘에는 내가 없고

아침에는 해가 오고
저녁에는 해가 가고

간밤에는 임이 가고
새벽에는 달이 가고

내맘에는 네가 있고
네맘에는 내가 없고

뜬금없이

뜬금없이 손을 잡아 주시네요
뜬금없이 맘을 잡아 주시네요
뜬금없이 몸을 안아 주시네요

뜬금없이 몸을 훑고 가시네요
뜬금없이 맘을 훔쳐 가시네요
뜬금없이 손을 놓고 가시네요

뜬금없이 가시는 길
뜬금없이 주신 것들을
이제 어찌해야한답니까!

미련

그녀는
뒷모습을 보이고 싶지 않다고
먼저 가라 했습니다.
먼저 뒤돌아서라 했습니다.

그녀는
뒷모습을 보고 싶다고
먼저 가라 했습니다.
먼저 뒤돌아서라 했습니다.

나는 뒷모습을 보이고 싶어서
그녀의 뒷모습을 보고 싶지 않아서
먼저 갔을까?
먼저 뒤돌아섰을까?

나도 뒷모습을 보이고 싶지 않았고,
그녀의 뒷모습을 보고 싶었습니다.

꽃길

임이 걷던 길이 꽃길이었으면
임이 가던 길도 꽃길이었으면

임이 걷던 길이 꿈길이었으면
임이 가던 길도 꿈길이었으면

임의 꽃길, 꿈길 따라
지평선 넘어가는 붉은 노을

서글프고 애달픈 눈물
한 없이 흩뿌립니다.

그 겨울

그 겨울엔 내가 없다.
언제부터인지 기억이 없다.

병실 창문너머 크리스마스에
하얀 눈이 내린다.

미끄러운 언덕길에
버스가 비틀거린다.

목구멍으로 털어 넣은 약 한 줌
몸 구석구석 하얀 크리스마스가 찾아온다.

겨울에 내가 없어도
크리스마스에 하얀 눈이 내리고
버스는 비틀거리더라.

그리움

이제 말하려니
이제 다가가려니

그대 맘 떠나고 없다.
가을, 그 진한 그리움…

후 後

그리운 게 너인 줄 알았는데

너의 향기

너의 미소

너의 눈빛인 걸

세월 흐른 후에 알았네

뜨거운 불 옆에 있어도

손이 시렸던 건

불 가까이

손을 뻗을 용기가 없었던 것임을

불꺼진 후에 알았네

생명수

쩍쩍 갈라진 대지엔
소낙비가 생명수

쩍쩍 갈라진 마음엔
사랑비가 생명수

쩍쩍 갈라진 가슴엔
토닥비가 생명수

진심은 어디에

다 모른다 하네
다 아니라 하네

하늘이 알고 땅이 알고
산천초목(山川草木)이 목 놓아 우는데도

그래도 모른다 하네
그래도 아니라 하네

촛불 켜고
횃불 올려 어둠을 걷어 내는데도

다 모른다 하네
다 아니라 하네

아지랑이 꽃

까맣게 탄 뜨거운 고구마
호호 불어가며 껍질 벗겨
노란색 속살 아지랑이 꽃 피어내는 밤

뜨거운 장작불에 고구마 구워 주시던
외할아버지가 그리운 겨울밤입니다.

마당 수북이 쌓인 함박눈에 뜨거운 눈물 쏟아내
그리움의 아지랑이 꽃 한가득 피워 놓습니다.

봄 향

화향백리(花香百里)요
주향천리(酒香千里)요
인향만리(人香萬里)이건만

내 향은 어찌하여 내 몸 하나 물들이지 못하나!

바람 불면 바람에 흔들려야 했건만,
어찌하여 뻣뻣하게 버티고 서서,
향기 뿜지 못하였는가!

난향백리(蘭香百里)요
묵향천리(墨香千里)요
덕향만리(德香萬里)이건만

내 덕은 어찌하여 내 맘 하나 다스리지 못하나!

이슬 내리면 이슬에 젖어야 했건만,
어찌하여 미친 듯이 뛰어 다니고,
덕을 풀지 못하였는가!

다시 오지 않을 봄날의 향을
어찌하여 아직 알지 못하는가!

사랑은

퍼주어도

퍼부어도

오지 않을 사랑은 오지 않는다.

이별

비 내리는 바다
꽃잎 피는 소리
꽃잎 지는 소리
수평선 넘어 간다.

그런 의미

돌아볼걸 그랬네
한번만 돌아볼걸 그랬네

고개 돌려볼걸 그랬네
한번만 고개 돌려볼걸 그랬네

발길 돌려볼걸 그랬네
한번만 발길 돌려볼걸 그랬네

그랬더라면
그녀의 뒷모습이 덜 쓸쓸했을텐데

남자, 참 소심했다.

거적때기

던져버리면 편할 것을
벗어버리면 쉬울 것을

한 꺼풀
두 꺼풀
세월의 때만 입혀가네.

찰칵

눈이 멈추고
손이 멈추고
발이 멈추고

얼음이 되었다.

다행스럽게
미소는 멈추지 않았다.

참, 다행이다.

눈물 한 방울 흐를 틈 있어서

봄 강가에서

살랑살랑 은빛물결 춤추는
강물의 어깨동무가

산들산들 실바람의
고요한 날갯짓이었음을

보드랍던 당신의 손
힘없이 놓치던 날

서럽게 울던 가슴의
고요한 흐느낌으로 알았네.

봄 강이 그렇게 따스했음을
그제야 알았네.

견딘다는 건, 미치는 일

아무것도
먹고 싶지 않다는 건
몸이 아프다는 신호

아무데도
가고 싶지 않다는 건
맘이 아프다는 신호

몸과 맘이 아프다는 건
견디기 힘들다는 신호

무시 하지 마
몸이 우는 떨림을

외면 하지 마
맘이 우는 외침을

미쳐야해

그렇지 않고 견딜 수 없어

미쳐야해

그렇지 않고 살 수 없어

미쳐야해

견디어 살아남는 그날까지

바람이 가르쳐준 사랑

흐르는 게 눈물뿐이더냐

바람 따라 세월도 흐르고
세월 따라 세상도 흐르고
세상 따라 눈물도 흐르고
눈물 따라 마음도 흐르더라.

움직이는 게 사랑뿐이더냐

바람 따라 강물도 움직이고
강물 따라 계절도 움직이고
계절 따라 사랑도 움직이고
사랑 따라 사람도 움직이더라.

Ending

막이 내리면,
다시
새로운 시작이다.

토끼는 산으로,
거북이는 바다로
나는 당신께로…

해 설

삶을 즐길 줄 아는 시인의 행복한 러브레터

최 진 희 시인

1 바쁜 일상에서 여유를 만들고, 적막함에서 시를 만들어내다.

가끔 사람들은 한적한 곳에 가서 여유 있게 글이나 쓰면서 살고 싶다는 이야기를 한다. 한적한 곳, 여유가 가져다주는 게 글이라는 편견 속에서 나는 너무 정신없이 바쁜 일상을 살기에 글은 생각할 겨를도 없다고 변명을 하는 것이다.

김선규 시인을 처음 알게 된 지도 벌써 15년은 된 것 같다. 지방방송국 라디오프로그램을 하고 있던 시절 전화 한통이 걸려왔다. 인터넷방송 스포츠중계를 하는 사람인데 우리 프로그램에서 자신이 뭔가 역할을 할 수 없겠냐는 거였다. 전화기 너머에서도 열정이 느껴져서 그럼 우리 프로그램에서 일주일에 한 번씩 스포츠뉴스 코너를 만들어서 진행해보면 어떻겠냐고 제안 했다. 기꺼이 응한 김 시인은 같은 도시도 아닌데 10분짜리 코너를 위해 꼬박꼬박 정성스런 원고를 써서 직접 스튜디오까지 와서 방송을 하고 갔다. 라디오의 특성상 원거리 게스트들은 대부분 전화통화를 많이 했었다. 그런 열정적인 김 시인은 알고 보니 인터넷방송만 하는 사람이 아닌 대기업 직원이면서 봉사활동도 열심히 하는 사람이었다. 그렇게 인연이 되고 10년쯤 지났을 때 김 시인은 처음으로 내게 시집 이야기를 한 것 같다. 방송도 그렇게 열정 하나로 문을 두드리더니 시 또한 마찬가지였다. 시를 전공하고 오랫동안 공부한 나는 시에 대한 환상과 두려움이 커서 이번에는 한 발짝 물러서도록 했다. '조금 더 준비해서 등단을 하고 천천히 차곡차곡 시를 써 본 후 시집을 내는 건 어떨까요?' 김 시인은 내 의견을 존중해주면서 등단 준비를 했고 문예지 등단 후 어느새 두 번째 시집 출판을 기다리고 있다. 과욕 없이 차근차근 밟아가고자 하는 김 시인이지만 시에 대한 열정은 끊임없이 새로운 시를 탄생시켰다. 김 시인은 지금도 책을 읽고 글을 쓰기를 즐기지만, 여전히 치열한 대기업 현장에서 일하고, 주변의 어려운 사람들에게서 눈을 떼지 못한다.

지금도 시간이 없어서, 또는 일상이 너무 삭막해서 책을 포기하고 글쓰기를 포기했다는 사람들이 있다면 그 자리에서 김 시인의 시집을 읽어보라고 권하고 싶다.

농부님! 살살 좀 뽑아 주세요.
세게 뽑으니까 줄기도 끊어지고 너무 아프잖아요.

마늘아! 미안타
우린 농부가 아니라 농촌 일손 돕기 봉사활동 나온
농사 초짜다.

어쩐지 손놀림이 둔하다 했네요.
살살 앞, 뒤로 흔들어 달래면서 뽑아 주셔야죠.

마늘아! 치과에서 이 뽑듯이 한방에 뽑아야 안 아픈 줄 알고
그냥 세게 한방에 당겼다.

초짜님! 마늘 뽑고 나면
코가 새까맣게 되는 거 모르죠?
복수하는 게 아니고 원래 그래요.

-「마늘 뽑기」 전문

이 시에서도 김 시인의 일상이 고스란히 드러난다. 바쁜 일상 속에서도 농촌 봉사를 나가서 농민들뿐만 아니라 마늘과, 흙과도 소통하는 모습이다. "마늘아~", "초짜님~" 흥이 넘치는 대화가 오고 간다. 땀이 흥건하고 얼굴은 벌겋게 달아 오른 데다 허리가 안 펴질 것만 같은, 그런 현장에서도 익살 가득한 시를 만들어낼 수 있으니 삶을 진정으로 즐길 줄 아는 사람이 아닌가 싶다. 이외에도 김 시인의 시에서는 자연스런 경험과 그 경험을 본인만의 방식으로 즐겁게 만들어내는 모습들이 엿보인다.

2 김선규 시인의 시는 만인, 만물에 보내는 러브레터다.

김 시인의 시는 농촌의 자연에서부터 도심의 복잡함까지 모두 사랑으로 보는 힘이 있다. 그리고 고향의 부모님을 떠올리며 눈시울을 적시다가, 아련한 첫사랑을 기억하게 하고… 지금 내 곁에 있는 내 가족에 감사하여 내 주변 사람들을 찾게 만들어준다.

"사람이 천사로 보인다.
아니다. 원래 천사였다.
아니다. 내가 미쳤다."

생전 처음 느껴보는 가슴 터지는 설렘을
무엇이라 하나요.

첫. 사. 랑.

-「미증유 未曾有」中

이 시를 읽으면 왠지 모두가 동심으로 돌아갈 것만 같다. 주변이 천사들로 보여서 나도 천사가 되는 그런 설렘 가득한 봄날이 떠오른다.

풍년 걱정, 흉년 걱정하는「걱정」이라는 시에서는 1년 365일 농부들의 마음을 고스란히 표현해주었고「철거촌」에서는 이 시대를 살아가는 현대인들의 불안을 고스란히 품어주었다. 그런 그가 천사를 보고 설렘을 느낀다.

시집을 읽다보면 꽃봉오리가 살짝 올라오더니 꽃이 피고, 어느새 꽃이 지지만 열매가 맺어서 내년을 기다리게 하는 시의 흐름에 따른 감정의 흐름이 느껴진다.

둘이라서 좋은 길
둘이여서 좋은 길
입 꼬리 하늘 향하는 길

둘이라서 좋았던 길
둘이여서 좋았던 길
두 손목 잡고 발목 올렸던 길

그 길
홀로 걷다가
달님과 눈 마주치자
배시시 눈길 보낸 길

-「달밤」 전문

둘이라서 마냥 좋지만, 혼자여도 혼자가 아닌 달님을 만날 줄 아는 게 김선규 시인의 시이다. 이별의 아픔을 배시시 눈웃음으로 넘기는 모습이 더 가슴 아련해진다. 분명 손을 잡아야만 손이 따뜻한 게 아니고 달님과 눈빛 교환만으로도 온몸이 따뜻해지는 게 삶이다.

김 시인의 시를 읽다보면 내가 아는 모든 사람들에게, 내 주변의 모든 사물들에게 사랑을 고백하고 싶어지고 감사하고 싶어진다. 삶에 사랑이 충만하고 감사가 충만하기에 자연스럽게 시가 나오고, 그 시가 가공되지 않아도 공감을 주는 것이다.

3 예술가를 사랑한 시인

김 시인의 시집을 보면, 시뿐만 아니라 표지그림부터 속지그림까지 감각적인 그림이 돋보인다. 모든 일에, 모든 사람에 적극적인 김 시인이 본인의 시와 잘 맞는 그림을 발굴하고 작가에게 직접 문을 두드린 것이다. 방송도, 시도, 그림도… 그는 두려워하지 않고 두드렸다. 그래서 그의 결과물들에는 「미증유 未曾有」 시의 첫. 사. 랑. 의 설렘이 느껴지는 것이다. 어느 날 김 시인이 그림을 그리겠다고, 아니면 어느새 그려놓은 그림을 보이면서 전시를 하겠다고 하는 건 아닐까 싶을 정도로 예술을 사랑하고 실천하는 사람이다.

20년 전, 감명 깊게 봤던 시인과 우편배달부의 우정에 관한 이야기 '일 포스티노' 영화가 올 봄 다시 개봉을 한다. 이 영화에서 우편배달부 마리오가 시인 네루다에게 말한다. "전 사랑에 빠졌어요. 치료약은 없어요, 선생님. 그런데 치료되고 싶지 않아요. 계속 아프고 싶어요."

평범한 시골 우체부 마리오가 시인 네루다를 만나 시를 알아가면서 인생이 풍부해져가는 그 과정들은 많은 사람들의 마음을 녹여 놓는다.

김선규 시인의 두 번째 시집 『당신은, 꽃』도 마리오처럼 시를 전혀 모르던 사람들에게도 봄날 설렘 가득한 선물 같은 존재로 다가서길 바란다. 시는 시를 쓴 사람의 것이 아니라, 그 시를 필요로 하는 사람의 것이라고들 말한다. 요즘처럼 근심걱정이 많은 시기에는 시가 필요하고 사랑이 필요하다.

온 국민이 김선규 시인의 시집의 주인공, 꽃이 되길 바란다.

2017년 4월 1일 1판 1쇄 발행

시 인 김선규
발 행 최진희

편 집 김소영, 최형준
그 림 정은수

펴 낸 곳 (주)아시안허브
출판등록 제2014-3호(2014년 1월 13일)
주 소 서울특별시 관악구 신림동 1523 일성트루엘 5층
전 화 070-8676-3028 팩 스 070-7500-3350
홈페이지 http://asianhub.kr
온라인서점 http://asianlanguage.kr

인쇄 · 제본 와우프레스

값 10,000원
ISBN 979-11-86908-21-1 (03800)

이 도서의 국립중앙도서관 출판예정도서목록(CIP)은
서지정보유통지원시스템 홈페이지(http://seoji.nl.go.kr)와
국가자료공동목록시스템(http://www.nl.go.kr/kolisnet)에서
이용하실 수 있습니다. (CIP제어번호 : CIP2017006774)